編_{ㄅㄧㄢ}劇_{ㄐㄩ}說_{ㄕㄨㄛ}：

我這一輩子最怕死了，
我根本就不知道怎樣面對死亡，
究竟是一片黑暗還是跟睡著一樣？
就算我繼續想也不會有答案，
那我只好任性的過這一生了，
因爲我不想要死掉以前充滿遺憾，
這樣講好像就不再害怕了，
所以我來寫劇本了。

台梗玖號

插_{ㄔㄚ}畫_{ㄏㄨㄚ}家_{ㄐㄧㄚ}說_{ㄕㄨㄛ}：

小時候我就很喜歡在紙上塗鴉，
畫畫是我的日常，也是我生活中的一部分，
拿起畫筆我就能表達我自己。
可愛的東西是我的精神糧食，
可愛的圖可以療癒每個人，
因此我來創作兒童繪本，
希望能讓大家感受插圖的美妙！

魚魚

孩子出生那三年

插畫家 🕊 魚魚　　　　　　　編劇 🕊 台梗玖號

我ㄨㄛˇ是ㄕˋ怪ㄍㄨㄞˋ怪ㄍㄨㄞˋ銀ㄧㄣˊ行ㄏㄤˊ總ㄗㄨㄥˇ行ㄏㄤˊ的ㄉㄜ
一ㄧˋ位ㄨㄟˋ銀ㄧㄣˊ行ㄏㄤˊ員ㄩㄢˊ，
有ㄧㄡˇ一ㄧˊ件ㄐㄧㄢˋ事ㄕˋ情ㄑㄧㄥˊ改ㄍㄞˇ變ㄅㄧㄢˋ了ㄌㄜ我ㄨㄛˇ的ㄉㄜ人ㄖㄣˊ生ㄕㄥ

我懷孕了，我想我應該要結束掉現在的工作，去專心地帶孩子。

寫好了辭呈，
今天是最後一天的上班日，
剛到辦公室的座位，
發現了桌子被淹滿了小寶寶所需要的各種用品。

可愛ㄞˋ的ㄉㄜ˙小ㄒㄧㄠˇ被ㄅㄟˋ子ㄗ˙、奶ㄋㄞˇ瓶ㄆㄧㄥˊ、睡ㄕㄨㄟˋ覺ㄐㄧㄠˋ寶ㄅㄠˇ貝ㄅㄟˋ、枕ㄓㄣˇ頭ㄊㄡˊ，還ㄏㄞˊ有ㄧㄡˇ一ㄧ個ㄍㄜˋ小ㄒㄧㄠˇ信ㄒㄧㄣˋ封ㄈㄥ，打ㄉㄚˇ開ㄎㄞ來ㄌㄞˊ是ㄕˋ一ㄧ張ㄓㄤ小ㄒㄧㄠˇ卡ㄎㄚˇ片ㄆㄧㄢˋ，還ㄏㄞˊ有ㄧㄡˇ一ㄧ疊ㄉㄧㄝˊ禮ㄌㄧˇ券ㄑㄩㄢˋ，這ㄓㄜˋ是ㄕˋ老ㄌㄠˇ闆ㄅㄢˇ給ㄍㄟˇ的ㄉㄜ˙禮ㄌㄧˇ物ㄨˋ。

卡片上面整面寫著所有跟孕婦有關的休假資訊，
最後一段是手寫的話。
「 期待您與您的孩子一起歸來。 」

我來到文書間，默默地把辭呈送進碎紙機。

一系列的產檢項目更是讓人擔心，
最後的時光讓我腰酸背痛，
就像是捧著一顆大石在身上。

懷孕的這十個月真的好辛苦，
有時候覺得頭暈、有時候覺得
想吐，走一走就會覺得累，
還要做矯正胎位不正的痛苦姿勢

不ㄅㄨˋ過ㄍㄨㄛˋ一ㄧ想ㄒㄧㄤˇ像ㄒㄧㄤˋ孩ㄏㄞˊ子ㄗˇ的ㄉㄜ樣ㄧㄤˋ子ㄗˇ， 好ㄏㄠˇ像ㄒㄧㄤˋ就ㄐㄧㄡˋ不ㄅㄨˋ是ㄕˋ那ㄋㄚˋ麼ㄇㄜ重ㄓㄨㄥˋ了ㄌㄜ。

終於來到了孩子出生的這一天，
親手抱著他的感覺好奇妙，
這個小傢伙在我肚子裡面住好久好久，
我終於看到你了。

對不起了老公， 從今天起這個人是我的最愛。

卸貨了以後，期待生活走向正常的狀況，
孰不知這一切都是對產後生活過於美好的幻想。

要照顧小寶寶需要付出很多心力，寶寶的脖子軟軟的，捧在手上要輕輕柔柔的，要小心地抱著、小心地洗澡、小心地摸摸他的小臉頰。

小寶寶需要吃飯、換布布、睡覺，不斷地重複。

他只要有任何需求， 就會用哭哭來表達。

就這樣由日到夜， 由夜到日。

我都不曉得是何年何月了。

某天晚上孩子半夜又哭了，
明明吃飽了， 也換過布布了，
還是哭哭。

哇！
哇！
哇！

我就抱起他說：

可不可以對媽媽
笑一笑啊？

突然孩子就不哭了，他開啟了笑笑模式，我好像也沒有那麼累了。

今天是孩子三歲的日子，我幫他報名了幼稚園，希望他能夠在學校好好生活。

我也該回去屬於我的戰場，
拿起往日的上班裝扮，
竟然穿不下了，
我想這就是當媽媽吧。

轉頭看看老公，
今天也該教孩子我們
一族代代相傳的求生
技能了！

一家人穿著吸血鬼一族的傳統服裝，
走向黑暗的森林。

這個時候狼人媽媽走到一片番茄園中，神色慌張。

突然後面出現六隻血紅色的眼睛，從背後靠近，
然後跟狼人媽媽說……

「小狼媽媽你好！」

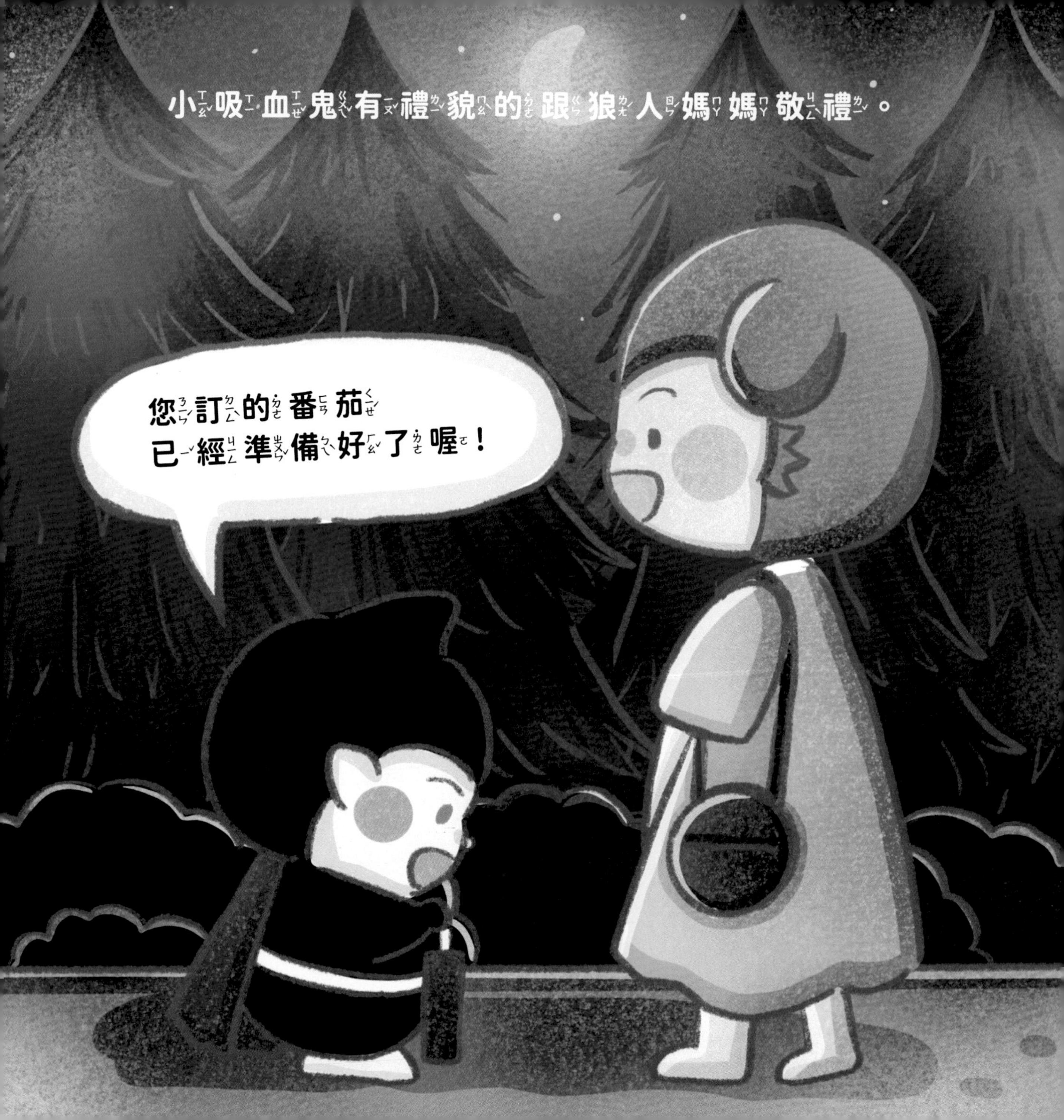
小吸血鬼有禮貌的跟狼人媽媽敬禮。
您訂的番茄已經準備好了喔！

吸血鬼一家人拿著可愛的
小竹籃在收成番茄，
其中一籃包成小禮盒
拿給了狼人媽媽。

謝謝你啊，
你們家的番茄
最好吃了！

吸血鬼一族都是誤解，原來他們是吃水果的果蝠，小吸血鬼家裡的番茄可是遠近馳名地好吃。

孩子出生那三年

書　　　名　孩子出生那三年

編　　　劇　台梗玖號

插　畫　家　魚魚

封 面 設 計　魚魚

出 版 發 行　唯心科技有限公司

　　　　　　地　　址：台北市松山區八德路三段247號五樓之一

　　　　　　電　　話：0225794501

　　　　　　傳　　真：0225794601

主　　　編　廖健宏

校 對 編 輯　王孝豪

策 劃 編 輯　王孝豪

出 版 日 期　2023/11/24

國 際 書 碼　978-626-96975-0-2

定　　　價　370元

版　　　次　初版一刷

本書內文使用的ㄅ源泉注音圓體

授權請見https://github.com/ButTaiwan/bpmfvs/blob/master/outputs/LICENSE-ZihiKaiStd.txt

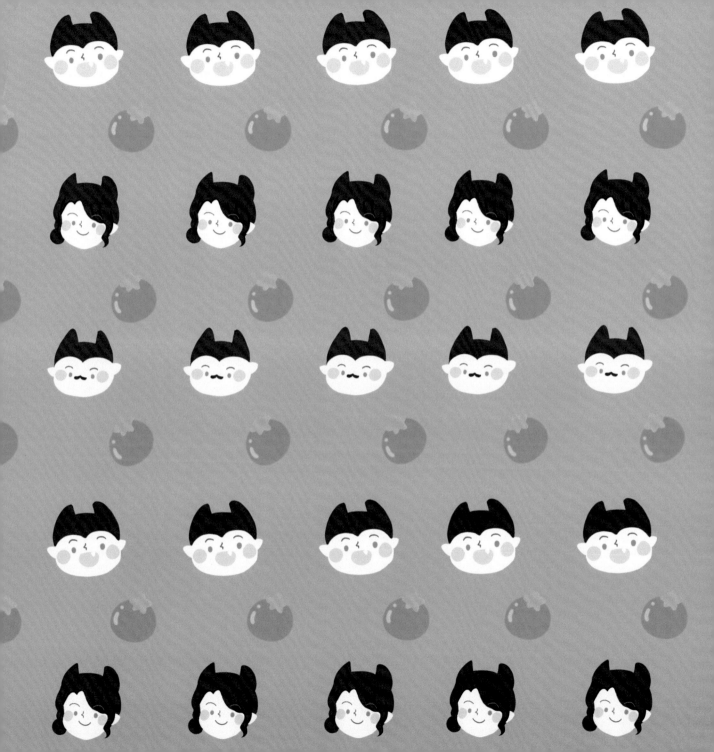

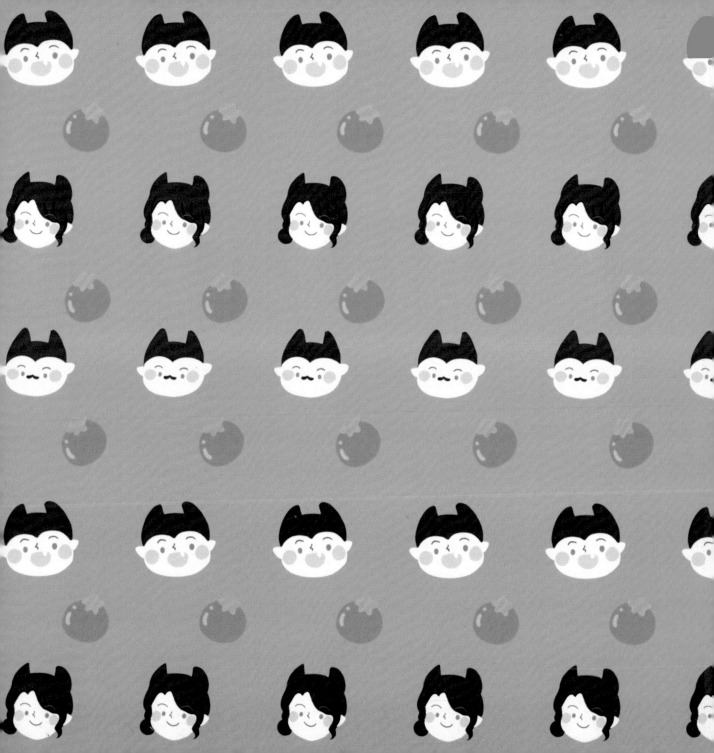